AF196106

The trophy wife

Impressum

Vorwort:

Mein Name ist Aiden Kelly. Ich wurde 1982 in Dblin, Irland, geboren. Seit meiner Kindheit schreibe ich Geschichten aller Art. Je älter ich wurde, desto mehr zog es mich zur erotischen Literatur.

Bis heute habe ich weit über 250 erotische Romane und (vor allem) Kurzgeschichten veröffentlicht. Mit diesen Geschichten möchte ich die Zeit meiner Leser versüßen und sie zu erotischen Taten inspirieren.

Beim Erzählen meiner Geschichten halte ich mich nicht an starre Konventionen. Manchmal schreibe ich aus der Sicht einer Frau, manchmal aus der Sicht eines Mannes. Gelegentlich schreibe ich auch in der First-Person-Form.

Ihr Aiden Kelly

The trophy wife

Tara und Steve waren nun seit einem Jahr verheiratet. Sie trafen sich im Krankenhaus, wo er als Arzt arbeitete, und sie als Aushilfe im Sekretärinnenpool. Sie war schrecklich in ihrem Job. Es war peinlich. Ihr Neonazi eines Verwaltungschefs Oksana machte ihr Leben zu einem Alptraum. Sie hatte Tara bei nicht weniger als sieben verschiedenen Gelegenheiten angeschrien, weil sie Dateien falsch beschriftet und verlegt hatte. Es war vor anderen Mitarbeitern und privat und es beleidigte Tara, aber sie war nie mutig genug, um sie deswegen zu konfrontieren.

Stattdessen heiratete sie einen Arzt und innerhalb weniger Wochen nach ihrer Heirat waren sich beide einig, dass sie sich nicht mit dieser Respektlosigkeit abfinden musste. Sie ging von ihrer Seite zu guten Bedingungen weg und blieb professionell. Nur im Inneren fühlte sie sich in der Magengrube beschämt, weil sie bei ihrem Job vor einer starken, fähigen Frau, von der sie nur Respekt wollte, so inkompetent war.

Sie wünschte sich wirklich, sie hätte es besser machen können, aber sie wusste, dass sie es ihr Bestes gegeben hatte und es war einfach nicht bis zum Schnupfen. Nun verbrachte Tara ihre Tage zu Hause, beim Bräunen und Einkaufen. Steve war großartig und ihr Leben war fantastisch.

Als Überraschung kauft Steve Tara ein brandneues Auto. Er kann es sich leisten, aber sie tut immer noch so, als würde es sie stören, ein Handzettel zu nehmen. So erzählt Steve ihr, dass sie es sich verdienen kann, indem sie sein Automodell für den Nachmittag ist. Spiel, Tara kleidet sich in Sling Back Heels, einem vier Zoll langen metallischen Rock, der fast ein Gürtel war, wobei ihre Arschbacken mit den Seitenriemen ihres Tanga hoch auf ihren Hüften hingen. Abgerundet wurde das Ensemble durch einen passenden metallisch violetten Bikini, der etwas mehr als zwei dreieckige Augenklappen über ihren Brustwarzen war.

Sie machte sich die Haare und das Make-up viel billiger als sonst und trat in das Sonnenlicht des Hinterhofes. Steve sagte ihr, sie solle zum Auto steigen und für ihn posieren. Das war offensichtlich nicht ihr normaler Stil, aber Steve hat es wirklich geschafft, dass sie wie eine billige Kapuzenratte aussah.

Sie genoss die Aufmerksamkeit und tat, was sie wollte. Sie wusste, dass sie schön und sexy war und beschloss, ihrem neuen Mann zu zeigen, wie glücklich er war. Sie war schmählich und beugte sich für ihn hinüber, sie kletterte auf die Kapuze und klammerte sich an den Rahmen, als würde sie ihn lieben. Sie bewegen sich überall um ihn herum und schließlich

Steve sagte ihr, sie solle den Deckel fallen lassen.

Tara hatte nichts dagegen, sich zu zeigen und ihn zu verpflichten, während sie zweimal überprüfte, ob sie niemand von den Höfen des Nachbarn aus sehen konnte. Sie löste das Bikini-Top und ließ den Sonnenschein von ihren hübschen weißen Titten abprallen, und eine sanfte Brise verhärtete ihre perfekten rosa Brustwarzen, also zeigten sie auf ihren Mann. Seine Augen verließen nie ihre Brust und Tara enthüllte in seiner Anbetung von ihr. Sie zog sich für ihren Mann aus und dann musste er die Kamera abstellen, damit sie sie auf der Motorhaube des Autos ficken konnte. Sie liebte es und fickte ihren Mann mitten am Tag in ihrem Hinterhof, überall in ihrem neuen Auto, bis Steve spürte, dass er den Wert seines Geldes aus ihr herausgeholt hatte.

Tara drehte sich auf der Motorhaube um, legte sich zurück und ließ ihren Kopf von der Kante des Autos fallen, und sie öffnete ihren Mund und wartete darauf, dass Steve seine Ladung darin fallen ließ. Steve pumpte sich selbst, bis er eine schwere Ladung direkt in den Rücken ihrer Kehle schoss. Tara wusste, was Steve mochte und hielt ihren Mund offen, bis er fertig war, und dann nicht, bis er sagte, dass sie so schlucken würde. Er war erfreut und schlug ihren großen Hintern auf dem Weg nach innen. Sie hat gute Arbeit geleistet. Etwas zu gut.

Tara wusste nicht, dass Cole von seinem Schlafzimmer aus sehen konnte und war mit seiner Videokamera schön hineingezoomt worden, als ihr Mund mit Sperma gefüllt war. Cole war der Teenager-Rüpel auf dem Block.

Tara und Steve hatten in diesem Haus noch nicht lange, etwa ein Jahr, gelebt, aber sie hatten ihre Nachbarn in dieser Zeit ein wenig kennengelernt. Cole war in der Highschool und das älteste Kind in dieser Gegend. Er war die Art von Kind, die deinen Briefkasten in die Luft gejagt und hinter dem Rücken seiner Eltern geraucht hat. Er hing mit Verlierern rum und hatte immer nichts Gutes vor.

Schon am nächsten Tag, wenige Minuten nachdem Steve zur Arbeit gegangen war, klingelte die Türklingel und Tara (die normalerweise den ganzen Tag weg schlafen würde) kam in ihrer Schlafkleidung zur Tür; ein dünnes Stoff-T-Shirt und kurze Shorts mit langen schlanken Beinen, die ihre eigenen waren. Als sie Cole durch das Guckloch sah, öffnete sie die Tür.

"Hi Cole. Was möchtest du gerne?" "Hallo Mrs. Benson, ich muss Ihnen etwas zeigen und es wird Ihnen nicht gefallen." "Hat jemand mein Auto schon zerkratzt?" Sie trat auf die Türschwelle hinaus, um an Cole vorbei zu sehen, zu ihrem Auto in der Einfahrt. Es sah gut aus. Als eine kühle Brise sie traf, verhärteten sich Taras Brustwarzen und sie wurde selbstbewusst, weil sie keinen BH trug. Als sie sich umdrehte, um Cole anzusehen, fiel ihr auf, wie seine Augen aufstürzten, um ihre zu treffen. Er starrte deutlich auf ihren Körper.

Er lächelte. "Nein, aber ich habe alles auf Video." Sie gehen ins Wohnzimmer und Cole steckt den USB-Stick in ihren großen Flachbildfernseher. Ein Knopfdruck auf die Fernbedienung und plötzlich beobachtete Tara, wie sie gestern in ihrem Hinterhof herumstolzierte. Das Video war überraschend gut und zeigte viele Details ihres Körpers.

"Was zum Teufel? Du hast uns ausspioniert? Warum zeigst du mir das alles?" Trotz ihres Ausbruchs war Cole ruhig. "Ich will dich erpressen." "Entschuldigung?" Tara konnte ihren Ohren nicht trauen. "Du hast mich gehört. Wenn du nicht willst, dass Superstar Doctor Steven zum Gespött seiner Profession wird, wenn ich den Link zu diesem Video an das Krankenhauspersonal schicke, dann möchte ich, dass du anfängst, dich für mich in genau das gleiche Outfit zu verwandelst, und dann möchte ich, dass du alles tust, was du gestern getan hast, nur nicht mit mir. Ich will dich wirklich, wirklich, wirklich ficken. Ich habe mir gestern Abend etwa viermal einen runtergeholt." Coles Augen waren wieder von ihren abgewichen und waren frei, ihren Körper zu durchstreifen.

Es war fast schmeichelhaft, aber es war wirklich nur respektlos und unhöflich, sie mochte Cole überhaupt nicht. Er hatte sie schon immer anstarrt, wenn sie in ihrem Garten war oder mit dem Hund spazieren ging, und sie musste an ihm und seinen nichtsnutzigen Freunden vorbeigehen, und sie nahm an, dass er sich wahrscheinlich einen runterholte und an sie dachte, aber das war völlig unvernünftig!

Dennoch war sie sich nicht sicher, welche Option sie wirklich hatte. Steve hatte eine so vielversprechende Karriere vor sich und ein Skandal wie dieser könnte den Lebensstil, den er ihr bot, lähmen. Und Cole war die Art von Arsch, die Scheiße aufwühlte. Steves Karriere wäre vorbei und jeder würde wissen, dass es ihre Schuld war! Ihr alter Chef würde herausfinden, dass sie immer noch ein hoffnungsloser Versager ist. Sie konnte nicht zulassen, dass ein dummer Skandal ihr bequemes Leben ruiniert! Steve durfte davon nichts erfahren.

Tara war beim Sex nicht extrem konservativ und dachte nicht, dass es eine zu große Sache war, dass sie damit nicht umgehen konnte. Vor allem, da es nicht wirklich betrügen war, da sie es nicht wirklich tun wollte, aber besser ist es, wenn sie ihm sein Machtspiel wegnimmt, indem sie einfach seinen Traum wahr macht und das Video zurückbekommt und Steve es dann nie erfahren müsste. Sie konnte damit umgehen.

"In Ordnung. Ich schätze, das ist dein Glückstag. Lasst es uns tun. Und du sagst es besser auch niemandem. Ich will das Video, bevor wir fertig sind. Du gibst mir das Video und ich werde deine Welt erschüttern." Sie könnte auch hart sein, dachte sie. " Danke." Er war dankbar, als ob ein Kind ein Spielzeug versprochen hätte.

"Warte einfach hier und ich ziehe mich um." Tara hat sich vorgenommen, eine gute Show für den geilen Teenager zu machen. Sie zog sich schnell in ihrem Schlafzimmer um und zog das gleiche billige Make-up an, das sie am Vortag hatte, aber als sie einen Blick auf sich selbst im Spiegel in voller Länge erhaschte, erkannte sie, wie billig sie aussah und wie kompromittierend sie sich in eine Position setzte. Dennoch bestand sie darauf. Sie wollte das für ihren Mann tun und er würde nie etwas davon erfahren. Tief durchatmend öffnete sie ihre Schlafzimmertür und trat hinaus, wo Cole sie sehen konnte. Tara tat so, als würde er sie nicht so offensichtlich anstarren.

"Das ist es, was du wolltest, oder?" Tara drehte sich ein wenig. Sein Kiefer war schlaff vor Unglauben, wie glücklich er war. "Ja. Du bist so verdammt heiß." "Okay, jetzt gibst du mir das Video. Das ist der Deal." Okay, das war nicht

Taras stolzester Moment, aber sie kümmerte sich darum.

"Sicher doch." Cole lächelte und legte den USB-Stick auf den gefliesten Boden vor ihr, in dem Wissen, dass es keinen kompromisslosen Weg für sie gab, ihn aufzuheben. Als sie ihren Stolz schluckte, entschied sie sich für eine schnelle Biegung, um ihn in ihrer Hand hochzufegen. Ihr Tanga spaltete ihre Wangen und die kalte Luft ließ sie wissen, dass der Rock hochgerutscht war, um Cole die Aussicht zu geben, die er suchte. Sie zog schnell den Saum wieder auf seine noch unanständige Länge herunter und gab ihm einen schmutzigen Blick.

"Sollen wir dann nach draußen gehen?" Tara wollte nur, dass wir das hinter uns bringen. "Führt den Weg...." Das hat Cole angeboten. Tara wusste, dass ihr Arsch am Boden ihres silbernen Minirockes hing und wusste, dass er ihn anstarrte. Bei jedem Schritt war ihr genau bewusst, wie sehr sie jetzt wackelte.

Draußen ging sie zum Auto und drehte sich um. Sie erwartete, die Kamera wieder zu sehen, erkannte aber, dass sie das tat, weil sie nicht wollte, dass er eine Kopie von dem hatte, was sie gestern getan hatte, aber jetzt fühlte sie sich schmutzig und seltsam persönlich, dass sie nur für ihn auftrat. Tara beugte sich vor und streckte sich über die Motorhaube des Autos, wie sie es für ihren Mann getan hatte.

"Ist es das, was du sehen wolltest?" fragte sie. Cole öffnete den Reißverschluss seiner Hose und fing an, sich bis zu seiner vollen Größe zu streicheln. Tara war schockiert. Es waren natürlich nicht nur seine groben Manieren, Cole hatte eine Hauptwaffe dabei und sie war größer als sie es gewohnt war. Ihr Mann war eine gute Größe und es hat die Arbeit erledigt, aber Cole war in seiner Größe einschüchternd.

"Zeig mir deine Brüste." sagte er, als er sein Monster weiter streichelte. Tara war abgewiesen und fasziniert zugleich und ihre Finger zogen an der Schnur, die ihren Mikrobikini band und ihn fallen ließ. Sie erkannte schnell, dass keiner von ihnen auch nur die geringsten Anstrengungen unternahm, um Augenkontakt zu halten. Seine Augen waren auf ihre nackten Brüste gerichtet und ihre auf seinen dicken Schwanz. Er war pochend hart, als er sich streichelte und auf ihre nackte Brust achtete.

"Die sind wirklich nett, Mrs. Benson. Darf ich sie anfassen?" Er trat vor. "Uhh...." Tara wusste nicht, was sie sagen sollte. Sie war im Begriff, diese große, dick geschwungene, ölige, konfrontierte Schwanzflosse sie auf der

Motorhaube ihres Autos ficken zu lassen, aber sie war ratlos um Worte über die Erlaubnis, ihn ihre verheirateten Titten streicheln zu lassen. Am Ende sagte sie nur: "Okay...."

Cole nahm seine Hände von sich selbst, um sich an ihren kecken Zähnen festzuhalten. Als er es tat, stieß sein Schwanz auf ihren inneren Oberschenkel. Nicht sicher, ob er überhaupt in sie passen würde, entschied Tara, dass es Zeit war, es herauszufinden. Je schneller sie es schaffte, desto besser.

Ihre Hand versuchte, sein Monsterglied fast erfolgreich zu umschlingen, und mit ihrer anderen Hand zog sie ihr Höschen beiseite und richtete den glänzenden Helm seiner massiven Waffe auf ihren Eingang. Ein Gedanke kam ihr in den Sinn. "Ist das dein erstes Mal?" "Ja." Als er nach vorne drückte, fand er sie überraschend nass und eng. Tara wickelte ihre Beine um seine Taille und drängte ihn tiefer in sie hinein. Sein fettiger Schwanz streckte sie zurecht und füllte sie so vollständig. Sie konnte spüren, wie sie sich ausdehnte, um ihn in ihrem gummiartigen Geschlecht aufzunehmen, als wäre es ein Gummiband.

Sie stöhnte unwillkürlich und hasste sich selbst dafür und versuchte dann, es aus dem Kopf zu bekommen. Sie hatte beschlossen, diese abscheuliche Sache zu tun, und ein Teil von ihr, der wollte, dass dies geschieht, kämpfte gegen ihren gesunden Menschenverstand, der wusste, wie falsch das war. Ihr Angriff lag auf dem Rand der Motorhaube des Autos, während sie sich für jeden seiner Angriffe offen hielt und Cole das Beste daraus machte. Sie war eine Spielautomatin für Schwänze, die so aufgespannt waren. Cole traf den Jackpot mit seiner Schlampenmaschine und er stach auf sie ein.

Seine Jugend und Begeisterung machten ihn wie keinen Liebhaber, den sie seit ihren Teenagerjahren erlebt hatte, und seine Größe war fast unerträglich! Tara versuchte, die Scham ihres außerehelichen Vergnügens aus dem Kopf zu bekommen, fand aber, dass sie miteinander verbunden war. Sie ließ einen Teenager seine Jungfräulichkeit an sie verlieren, und es war ekelhaft und fleischlich. Sie versuchte, sich zurückzuhalten, sie ließ ihn die ganze Arbeit machen, aber egal wie sehr sie ihn verachtete und was sie ihn mit ihr machen ließ, sie wusste, dass sie kommen würde. Sie brachte sich dem Kommen ein wenig näher, jedes Mal, wenn sie darüber nachdachte.

" Schneller." flüsterte sie. "Härter...." "So?" Seine schmutzigen Fäuste hielten ihre Titten fest, als er seine Hüften gegen ihre Muschi schlug. Ihr Gebäude-Orgasmus war beschämend und sie biss sich auf die Lippe und zerfurchte ihre Stirn, die Augen fest geschlossen, so als würde sie den hämmernden Schmerz ignorieren, während er sie fickte.

Ihre Augen weiteten sich, als er sie küsste und seine Zunge in ihren Mund zwang. Sie zog sich zurück. "Oh, gawd! Was...." "Gefällt Ihnen das, Mrs. Benson? Du kannst mir sagen, dass es dir gefällt." Er wurde übermütig, jetzt, wo er wusste, dass sie es mag. Es war peinlich. "Beeil dich einfach und mach Schluss." sagte sie schwach. "Kein Küssen mehr, okay?" Er verdrehte ihre Brustwarzen heftig. Sie zuckte zusammen.

"Aber es gefällt dir, dass ich dich ficke? Schneller? Und härter?" Er hat nie aufgehört, sie zu ficken. Es war wie ein sexuelles Verhör. "Ja..." gab sie zu. " Sag es mir." Er fickte ihre einst enge Pussy locker. Sie hatte keinen Widerstand mehr.

"Sag es mir!" wiederholte er. In dem Wunsch, eine Art Kontrolle zu behalten, wollte Tara ihm etwas verweigern, aber sie hatte fast keine Lösung. Sie konnte nicht anders. Sie wusste, dass sie bald kommen würde. Er fickte sie so begeistert. Also küsste sie ihn. Sie öffnete ihren Mund und ließ seine Zunge in ihren Mund eindringen und hoffte, dass es ihn zum Schweigen bringen würde. Er hörte nicht auf, sie zu ficken, und sie baute dieses verdrehte Gefühl in ihrem Bauch. Sie war wegen ihrer Untreue verärgert. Sie packte ihn und zog ihn so tief wie möglich in sich hinein und fühlte, wie er abspritzte.

Seine Ficksahne überflutete sie mit einem körperlichen Knall und ihre Finger gruben sich in seine Schultern und sie erkannte, dass er sie inzwischen so locker gefickt haben muss und sie kam auf ihn zu und fragte sich, ob ihr Mann heute Abend bemerken würde, wie er sie gefickt hatte. Der Gedanke war zu viel und sie begann, sich von der Motorhaube des Autos hochzuziehen und sich an seinen Schultern hochzuheben, damit sie sich an seiner Stange bis zur Vollendung schleifen konnte.

"Du bist so eine heiße Schlampe, Mrs. Benson. Fickst du mich gerne?" Er stöhnte sein letztes Mal in sie hinein. Ohne zu zögern gab sie nach, als sie mit seinem großen Werkzeug Höhepunkt erreichte. "Ja! Ja! Ja! Dein Schwanz ist so groß! Ich kann nicht glauben, dass es in mich passt! Danke, dass du mich gefickt hast! Danke.... danke yooouuuuuuuuuuu!!!!!!!!!!! Awwwww fick mich!"

Als Taras großes Finale zu seinem verschwitzten und erschöpften Ende kam, fiel sie wieder auf die Motorhaube ihres Autos. Ihre Beine griffen unwillkürlich nach ihm, ihre Hüften krampften, als sie von ihrem Schwanz hoch herunterkam.

Schweiß glitzerte auf ihrer Oberlippe, perlte auf ihrer Stirn und lief in der heißen Sonne über ihren Rücken. Die Scham erfüllte sie, jetzt, da die Leidenschaft vorbei war.

Sie stieß ihn sanft von sich weg und fühlte, wie seine fettige Python aus ihr herausrutschte, bis sie sich leer und klaffend, roh und wund fühlte. Während Cole zufrieden schien, auf seine Handarbeit zu starren, konnte Tara seinem Blick nicht begegnen. "Du gehst jetzt besser. Ich glaube, du hast bekommen, was du wolltest." Tara sah auf den Boden.

"Es war alles, was ich wollte. Du hast keine Ahnung, wie verdammt heiß du bist. Ich will es noch mal machen." Cole zog seine Hose wieder an. Das ließ Tara ein wenig lächeln. Es war eine schmeichelhafte Sache, das zu sagen. Und sie traf seine Augen kurz. "Danke, aber wir können nicht. Ich liebe meinen Mann und du hast mich diesmal erpresst. Das ist der einzige Grund, warum ich dich gehen lasse...."

"Dann erpresse ich dich wieder." Cole unterbricht sie. "Was? Wie? Wie?" Sagte Tara. Cole rief über seine Schulter: "Joey! Komm schon raus!" Als Tara ihren Kopf drehte und versuchte, sich gleichzeitig zu bedecken, konnte sie sehen, wie einer von Coles Gangsterfreunden hinter einer nahegelegenen Hecke mit einem Videorekorder herauskam. Es war ein perfekter Ort, um die ganze Action zu erleben. Tara wusste, dass sie jetzt in großen Schwierigkeiten war.

"Hast du alles bekommen?" fragte Cole. "Oh! Dein Schwanz ist so groß! Ich danke dir! Ich danke dir!" Joey hat sie verspottet. "Was zum Teufel machst du da? Wir hatten eine Abmachung!" Tara war verärgert und verzweifelt. Sie verlor die wenig Kontrolle, von der sie dachte, dass sie anfangs mit ihr beginnen müsste. Aber selbst das schien jetzt verloren. "Jetzt haben wir einen neuen Deal." Cole war ruhig. Tara versuchte aufzustehen, aber Cole packte sie an den Armen, um sie dort zu halten, wo sie war. "Ich denke, du wirst zustimmen, dass unser neues Video für dich viel mehr Ärger macht, wenn Mr. Bensons Mitarbeiter es herausfinden, oder?"

Er streichelte jetzt zärtlich ihre Arme und tröstete sie, während Joey über ihre Situation lachte. Sie nickte und fing an, zu zerreißen. " Weine nicht, Mrs. Benson. Das wird unser kleines Geheimnis sein. Also, morgen früh, wenn dein Mann morgens geht, möchte ich, dass du dein kleines Outfit anziehst und die Tür öffnest, die so aussieht, wenn ich vorbeikomme, und wir werden noch mehr Spaß haben, okay?" Sie nickte wieder. "Noch etwas, ich habe Joey versprochen, dass er etwas bekommt, weil er mir hilft. Also, wenn du nur...."

Joey öffnete bereits seinen Reißverschluss und Tara wurde auf die Knie gezwungen. Joey war nicht so nett wie Cole es war und er benutzte im Grunde genommen ihren Mund grob, schob sich in ihren Mund und zog ihren Kopf an ihren Haaren herum. Sie stand völlig unter Schock und ließ ihn sich schnell fertig machen, sein dicker Samen lag auf ihrer Zunge.

Stolz zog er sich zurück und sagte: "Wir sehen uns morgen, Schlampe!" Beschämt von sich selbst spuckte sie so viel von seinem Sperma aus ihrem Mund, wie sie konnte, hörte ihnen zu und lachte, als sie weggingen. Sie konnte keinen Ausweg aus der Situation erkennen. Sie blitzte zurück zu ihrem alten Chef Oksana, der sie vor den anderen Ärzten und Sekretären wegen ihrer dummen Fehler anschrie. Ihr Chef hatte Recht, sie anzuschreien. Sie war eine Versagerin, wenn sie sich nicht darum kümmern konnte. Tara konnte nicht mit sich selbst leben, wenn ihr Mann wegen dieses Skandals seinen Job verlor, aber noch schlimmer wäre, wenn Oksana herausfinden würde, was sie gerade getan hat. Sie konnte mit der Huliliation nicht umgehen. Sie müsste sich nur der Situation stellen.

Steve hatte an seiner Frau nichts anderes bemerkt, als er in dieser Nacht nach Hause kam. Tara sorgte dafür, dass sie aufräumte und ein Lächeln aufsetzte. Selbst als sie in dieser Nacht Liebe machten, konnte Steve nicht sagen, dass sie an diesem Nachmittag das Spiel eines anderen Mannes gewesen war. Sie war damit durchgekommen. Aber das bedeutete nicht, dass sie nicht mehr erwischt werden würde. Als am nächsten Morgen die Türklingel klingelte, war Tara bereit. Ihr

Mikrorock und ihr metallisches lilafarbenes Bikini-Top/Slip-Combo waren die einzigen Gegenstände, die sie neben ihren Stilettos trug. Sie öffnete nur die Tür einen Spalt und wollte nicht, dass die Nachbarn sie sehen, wie sie ihre Gäste in so wenig Kleidung begrüßt. Diese Hoffnung wurde jedoch zunichte gemacht, als Cole die Tür weit schob und mit drei anderen Jungen eintrat.

Sie drängten sich um sie herum und begrüßten sie herzlich, und keiner von ihnen sah ihr in die Augen. "Hi, Mrs. Benson!" Sie waren alle eifrig und glücklich. Cole schob die anderen Schakale zurück. "Beruhigt euch, Jungs. Fühlt euch wie zu Hause." Er nahm sie an der Hand und führte sie den Flur hinunter. "Wir sind gleich wieder da."

Als sie ihr Schlafzimmer betrat, drehte sich Tara um. "Warum hast du so viele Leute hierher gebracht? Was glaubst du, was hier passieren wird?" Als Antwort nahm Cole sein Werkzeug heraus. "Schau, ich mag dich, Mrs. Benson, aber die Wahrheit ist, dass du alles tun wirst, was ich von dir will, es sei denn, du willst, dass dein Mann herausfindet, dass du auf deinen jugendlichen Nachbarn losgegangen bist. Ich habe mir das Video gestern Abend angesehen. Es war offensichtlich, dass du dich amüsiert hast...."

Seine schmutzigen Finger hingen unter ihrem Bikini und zogen ihn von ihren frechen Titten weg und ließen sie frei. "Leg deine Hand auf mich." Er half ihr und bewegte ihre Hand zu seinem schnell verdickenden Glied. "Siehst du? Es gibt nichts, was du sagen kannst... tu es einfach." Er lächelte, als sie anfing, ihn automatisch zu streicheln.

"Das ist es. Mach einfach das, worin du gut bist." Sagte er. "Werden sie sich gegen mich abwechseln?" Tara akzeptierte ihr Schicksal. "Den ganzen Tag lang." Er spielte mit ihren Brüsten und zog ihr Top komplett aus. "Ohh.... Ich weiß nicht. Bitte zwingen Sie mich nicht...." Sie versuchte, ihn schneller zu streicheln, um ihn zu überreden.

Cole war es egal. Er wusste, wo sie standen, und es gab nicht viel, was sie dagegen tun konnte. Außerdem fühlte er sich jetzt schuldfrei, nachdem er ihr Sperma auf ihm im Video gesehen hatte. "Du redest zu viel." Sagte er. "Mal sehen, ob du mich in deinen Mund passt."

Es passte. Kaum. So schabte Cole mit seinen Händen, die an den Seiten ihres Kopfes festgeklemmt waren, ihr Gehirn mit seinem fleischigen Werkzeug, bis Sabber aus ihrem Mund lief und sie kaum noch atmen konnte.

Das hat Spaß gemacht, aber Cole wollte keine Zeit mehr verschwenden. Er sagte ihr: "Okay, jetzt steh auf dem Bett. Ich will eine gute Chance auf dich, bevor wir einen Zug mit dir fahren."

"Oh bitte, lass mich dich reiten. Du bist so groß!" Tara wollte Cole heimlich wieder haben, hatte aber immer noch Angst davor, wie groß er war. Sie wollte mit ihm in ihr voll sein, aber zu ihren eigenen Bedingungen. Es waren die anderen Jungs, die sie jetzt erschreckt haben. Welche Art von Leben, welche Art von Frau, welche Art von dummer Person war sie, um so zu enden? Cole lag mitten im Bett von ihr und ihrem Mann. Sein Schwanz war dick und angespannt und hob sich von seinem Bauch in die Luft. Sie zog ihren String aus, kletterte auf das Bett und spreizte ihn. Sein Gurt rutschte entlang ihrer feuchten Lippen, während seine schmutzigen Hände ihren perfekten Körper anstarrten.

"Was wirst du mich dazu bringen?" Sie rutschte über die Länge von ihm hin und her und machte ihn mit ihren Säften nass. Seine Hände liefen über die Länge ihrer langen Oberschenkel. "Alles, was wir wollen, schätze ich. Versuch einfach, dich zu amüsieren." Er saugte an ihren kecken Brustwarzen, als sie seinen voll geschwollenen Schwanz hob und den Kopf an ihren Eingang legte und ihre lange Reise auf ihr begann.

"Bitte", sagte sie atemlos, als sie sich auf ihn stürzte, "du musst weg sein, bevor mein Mann nach Hause kommt." "Das werden wir sehen. Du tust einfach, was man dir sagt und tust so, als würdest du es nicht lieben." Damit stieß Cole in sie hinein, wo sie beide ihn haben wollten, und packte ihre Hüften, um sie an ihrem Platz zu halten. Sie war großartig, als sie völlig auf ihn aufgespießt wurde, heiß und sich in verzweifelter Panik windend. Noch ein paar weitere Stöße und Tara war besiegt und willig.

Sie warf sich gegen ihn und fickte sich das Gehirn raus! Die Begrüßung dieser Drepravität war ihre einzige Option, die es schien, und sie musste zugeben, dass sie darüber nachgedacht hatte, dass Coles mächtiger Schwanz Wurst, die sich seit ihrer gestrigen Affäre mehr als einmal in sie hineinfistet. Was war der Grund, überhaupt zu protestieren? Sie hatte kein Bein, auf dem sie stehen konnte, aber sie hatte eine dicke Platte aus Schwanzfleisch, auf der sie sitzen konnte. Sie ritt sich albern auf ihm im Haus ihres Mannes, in ihrem Bett, bis die Laken mit ihrem Schweiß klebrig waren und ihr Rücken schweißgebadet war, und sie hatte sich mehrmals schändlich an ihm zum Orgasmus gebracht. Schließlich fühlte sie, wie er sich zusammenzog und wusste, ob sie ihre Kraft sammelte und beharrte, dass sie seine Ladung von ihm bekommen würde.

"Oh Gott.... nimm alles, Mrs. Benson!" Cole brannte in ihr hinein und füllte sie mit dicken, heißen Strahlen seines Sperma, bis sie spürte, wie es in Klumpen aus ihr auslief. Er hielt ihre Hüften fest und hielt sie auf ihm fest, bis er fertig war. Sie waren beide außer Atem.

Abgenutzt rollte sie von ihm ab und rollte sich an der Bettkante zusammen. Was jetzt? Würden sie gehen? Dann öffnete sich die Tür zum Schlafzimmer und Joey und ein Freund rannten mit jubelndem Cole on. Sie tauschten hohe Fünfen aus und Joey sprang in das Bett neben Tara. "Ich bin dran! Alle anderen raus hier!" Nachdem die Tür geschlossen war, kam Joey hinter Tara dicht heran und fuhr mit den Fingern nach unten.

"Mmmm riecht hier drin nach Sex!" Er kuschelte sich direkt hinter ihr und lachte und roch nach Alkohol. Er hob ein Glas vor ihr Gesicht. "Baby, ich werde heute Spaß mit dir haben. Der gestrige kleine Geschmackstest hat Spaß gemacht, aber diesmal will ich dich quietschen hören."

Tara ließ ihn etwas von der bitteren Flüssigkeit in ihren Mund gießen. Sie hustete, als etwas davon in die falsche Richtung ging. Sie hoffte, dass die Jungs ihre eigene Flasche mitgebracht hätten, ahnte aber, dass sie den Likörschrank ihres Mannes gefunden hätten.

Joey fummelte herum, um seine Hose auszuziehen, damit er bei ihr an der Reihe war. Sie fühlte, wie er hinter sich versuchte, den richtigen Ort zu finden, um sie zu stoßen, und fand sich dabei wieder, ihre Hüften so zu winkeln, dass er sich direkt bei ihr aufhielt.

Warum sich widersetzen? Er fand den Weg von dort und nach ein paar Probestichen fand er ihr schleimiges, loses Loch. Cole hatte eine gute Ablagerung in ihr hinterlassen, die jetzt mit jedem Stoß langsam heraussickerte. Joey war nicht annähernd so groß wie sein Freund und Tara fühlte sich, als hätte dieser riesige Schwanz sie ziemlich gut ausgestreckt, nicht dass Joey sich darum zu kümmern schien, schlampige Sekunden zu bekommen.

Er hatte nicht viel Glück dabei, einen guten Rhythmus zu bekommen, und seine Hände kamen von hinten herbei, um nach ihren perfekten Titten zu greifen. Tara beschloss, ihm das zu geben, was die meisten Männer wirklich wollten, nur um das Verfahren zu beschleunigen, rollte auf den Bauch und stand dann auf die Knie, ließ aber ihr Gesicht unten im Kissen. "Gesicht nach unten, Arsch nach oben, so ficken wir gerne", erinnerte sie sich an die Lymeric aus der Highschool-Zeit. Sicher genug, Joey hatte viel besseren Zugang und fing dankbar an, sie so hart wie möglich zu ficken.

Es war nicht wirklich eine Einschaltung, aber Tara fing an, wieder auszusteigen. Irgendwie war es ekelhaft genug, diesen Jungen sie ficken zu lassen, als wäre sie nur ein warmes, nasses Loch für seinen Schwanz, dass sie seine Rammbocktechnik genoss. Ihr Selbsthass gegen diese Offenbarung wirkte auch gegen sie. Einen Teenager zu ficken war schon skandalös genug, aber das war ein ekelhaftes Verhalten. Dennoch wusste sie nicht, was sie dagegen tun konnte. Und in dieser Resignation dieses verdrehten Schicksals begann sie, ihren Orgasmus aufzubauen.

"Fick mich noch fester!" bettelte sie. "Magst du es hart, Mrs. Benson?" Sie stöhnte: "Ja! Ja! Ja!"

Sie war jetzt so nah dran. "Nur noch ein bisschen mehr..." "Ja! Fick die Schlampe, guter Joey!" Tara wurde klar, dass sie beobachtet wurde. Ihr Publikum war hinter ihr in der Tür und beobachtete, wie sie tief gepflügt wurde. Cole's andere Freunde zweifellos.

"Sieh dir ihre Beine an. Verdammt sexy wie die Hölle!" Einer von ihnen sagte. "Ja, diese langen Beine, aber ich will ein Stück von diesem Arsch! Denkst du, sie ist schon mal eingebrochen worden?" "Wie zum Teufel hast du diesen Freak gefunden?" "Ich schätze, ich hatte einfach Glück. Sie liebt es einfach zu ficken. Eine echte Schlampe." Cole sprach gerade. Sie haben nur zugesehen, wie sie gefickt wurde.

"Nun, sie wird es bekommen." Es war egal, wer es gesagt hatte. Bei diesen Worten kräuselte sich ein weiterer kraftvoller Orgasmus aus ihren zitternden Lenden über ihre Wirbelsäule und

Joey ließ seinen eigenen Strom von Sperma tief in sie hineinfließen. Sie packte die Laken und richtete sich entsprechend gegen ihn. Es war unbestreitbar, wie richtig sie jetzt waren. Sie würde sie alle auf sich nehmen und sie wusste, dass sie die Art von schmutziger Fotze war, die sich an jedem von ihnen amüsieren konnte, solange es dauerte, bis sie zufrieden waren. Ihre eigene Zufriedenheit wurde durch ein so abscheuliches Schauspiel garantiert, wie sie es für sie tun würde.

Joey stieg ab und als Tara sich umdrehte, um ihre Partner in Untreue zu sehen, sagte sie atemlos: "Mein Mann wird in sieben Stunden zu Hause sein. Also, wer ist der Nächste?" Cole sagte: "Ich glaube, die Morgan-Jungs wollen eine Runde drehen." Tara verstand sofort, warum die beiden Jungen so ähnlich aussahen. Brüder. Tara wusste in diesem Moment, dass sie es nicht nur zulassen würde, sondern es auch genießen würde. Auch wenn sie es sich selbst nie eingestehen konnte, gab es einen Teil von ihr, der von der Idee begeistert war, von zwei Männern gleichzeitig gefreut zu werden, und jetzt würden diese Jungen sie dazu bringen, alle möglichen schlechten Dinge zu tun. Sie wollte versuchen, es anzunehmen und beschloss, sich zu verwöhnen.

Sie schlossen sich ihr an, verteilten Kleidung und schwangen beeindruckende Waffen. "In Ordnung, Jungs, macht es mit mir hart!" Sie bewegte sich auf Händen und Knien in Position, sandwichartig zwischen zwei geilen Teenagern, als sie jede Spalte und jeden Hügel streichelten, ihren Kitzler fingerten und ihre perfekten rosa Brustwarzen zwickten, um sie zu verhärten. Sie beschloss, die Initiative zu ergreifen und öffnete ihren Mund, als einer der

Schwänze der Morgans an ihrem Gesicht vorbeischaukelte.

Es war schwer, einen Rhythmus mit ihrem Mund auf dem ersten Schwanz zu halten, während sie einen anderen Schwanz spüren konnte, der versuchte, sie von hinten zu besteigen, aber Tara konzentrierte sich nur auf ihr Mundfleisch und ließ den zweiten Morgan-Bruder seinen eigenen Weg hinein finden. Es dauerte nicht lange, bis Taras Nase jedes Mal, wenn sein Bruder sein Becken in ihren großen Hintern schlug, gegen den Bauch eines Jungen stieß und seine Eier ihre Klitoris mit jedem Stoß schlugen. Sie tat ihr Bestes, um nicht mit Erfolg an dem großen Schwanz zu ersticken.

"Heben Sie sie hoch. Ich will in diese Schlampe rein." Tara wusste, was er wollte, und sie war begierig darauf, es auszuprobieren, also kletterte sie auf den Bruder, der sie von hinten gefickt hatte, und legte ihre langen Beine um seine Taille, als er aufstand. Ihre sexy Beine beugend, pumpte sie sich ein paar Mal auf und ab auf seinen schönen großen Schwanz, um ihn hart zu halten, während der zweite Morgan-Junge hinter ihr an seinen Platz kam.

Sie hielt sich zurück und fühlte, wie sein Schwanz gegen ihr enges rosa Arschloch drückte. Tara ließ Steve bei ein paar Gelegenheiten versuchen, ihren Arsch zu ficken, aber sie fand es eher unbequem als sexy, aber sie wusste, dass sie es aushalten konnte. Sie wollte sich so voller Schwanz fühlen wie nie zuvor. Sie könnte genauso gut etwas für sich selbst aus diesem Wahnsinn herausholen. Sein nasser Schwanz rutschte nach ein paar Versuchen ein. Es ist unerträglich auf die beste Art und Weise und bald würden sie beide vollständig in ihr verwurzelt sein, als sie die Mitte dieses Tara-Sandwichs füllte. Sie wand sich auf dieser doppelten Erfahrung herum und gewöhnte sich an ihre neue Doppelbelegung, die sie wie ein Gummiband dehnte.

Tara hakte ihren Arm um seine Schulter, um sich besser zu stützen, und drehte ihren Oberkörper, um ihre Titten auf die restlichen Jungen im Raum zu richten. Sie stellte eine ziemliche Show für diese glücklichen Teenager auf. Als die Morgan-Brüder sie auf ihre Zwillingszinken springen ließen und Tara sich bei ihrer ersten doppelten Penetration reibt, legten Cole und Joey das Gelenk auf ihre Lippen und gossen mehr Alkohol in ihren Mund. Als sie von ihrem zweiten Orgasmus herunterkam, wurde sie schlaff und wurde wie eine Stoffpuppe herumgeworfen, die von ihren starken Händen in der Luft gehalten wurde, bis sie sie mit ihrem Samen in beiden Löchern füllte und sie wieder auf das Bett fallen ließ.

Sie war noch nie so gefickt worden oder in so kurzer Zeit so oft gespritzt worden. Tara knitterte zu einem nackten Haufen auf dem Bett. Sie hatte es getan. Alles, was sie von ihr forderten, verwöhnte ihre purilen Wünsche, sie hatte sie alle gefickt, um ihre Ehe sicher zu halten. Mitten in einer friedlichen Surburbia an einem zufälligen Donnerstag war Tara zu einer urbanen Legende für Teenager geworden. Mit 33 war sie ein geiler Puma geworden und lud diese Ausschweifung in das Bett ihres Mannes ein. Aber jetzt war es soweit. Und die Schuld und Scham setzte wieder ein.

Die Laken waren klebrig mit verschütteten Sperma von vier verschiedenen Jungen und ihrem Schweiß. Sie musste sie wechseln, bevor ihr Mann nach Hause kam. Sie konnte die Gruppe von ihnen im Wohnzimmer noch lachend und schreiend hören. Sie fragte sich, wann sie gehen würden.

Die Tür öffnete sich und Cole kam wieder herein. Er gab ihr eine Schürze und sagte: "Zieh das an. Wir haben Hunger und wir wollen, dass du uns ein paar Snacks machst." Sie hat sich nicht die Mühe gemacht, zu streiten. Er gab ihr einen erniedrigenden Klaps auf den Hintern, um sie zu motivieren. Als sie den Flur hinunter und ins Wohnzimmer ging, dachte sie darüber nach, wie sie aussah. Die Schürze war klein. Ihr Mann hatte es ihr als Witz gegeben.

Es stellte eine sexistische Knechtschaft dar, aber in ihm hatte er eine teure Perlenkette versteckt. Sie lachten und sie bot an, sich von ihm eine zweite Perlenkette geben zu lassen, während sie sich auf ihn stürzte, um ihre Anerkennung zu zeigen. Jetzt trug sie die kleine Witz-Schürze, um ihrem jugendlichen Nachbarn und seinen fettigen Freunden zu dienen, die alle stolz auf sich selbst waren, weil sie sie erobert hatten. Das Lätzchen vorne war schmal und ihre Brustwarzen waren auf beiden Seiten gut sichtbar. Das Material vorne endete auf ihrem Oberschenkel nur Zentimeter von ihrer nackten Pussy entfernt und es gab nichts, was ihren großartigen runden Arsch auf dem Rücken bedeckte. Tatsächlich war ihre gesamte Rückenhälfte nackt, abgesehen von der Schnur, die dieses peinliche Ensemble an ihren schlanken und kurvenreichen Körper band, aber die Schnur um ihre Taille und um ihren Hals.

Die Jungs waren jetzt alle angezogen und sahen in ihrem Wohnzimmer und auf ihrer Couch fern. Sie tat so, als würde sie ihre Augen nicht bemerken, die ihr folgten, als sie sie auf dem Weg in die Küche an ihnen vorbeikam, wusste aber, dass sie auf ihrem Weg nach draußen eine schöne Aussicht haben würden. In der Küche öffnete sie Schränke und den Kühlschrank in Benommenheit, als sie sich fragte, was sie für ihre jugendlichen Hausgäste tun sollte.

Joey stand an der Tür und beobachtete, wie sie in einem Nebel mit ihrem Arsch und ihren Titten herumtrieb. Ein Fettgelenk brannte in seinem Mund. Er sagte: "Hast du Pizza?" "Umm. Ich glaube nicht." Sie sagte zerstreut und beugte sich dann nach vorne, um die Tiefkühltruhe ihres Kühlschranks zu öffnen.

"Dein Mann kauft scheiß Gras." Sie wusste, dass er es nicht tat. Steve kaufte eine hochwertige Knospe. "Wir haben keine Pizza." Sie sagte, er ignoriere seinen unhöflichen Kommentar. "Nun, was hast du sonst noch, was wir wollen würden?" fragte er. "Du meinst, außer dem, was du bereits genommen hast?" Sagte Tara.

"Bist du frech?" Joey kam hinter ihr her und steckte seine Finger in ihren Arsch. Sie grunzte würdelos. Ihm schien es egal zu sein, dass er leicht hineinrutschte, weil seine Freundin dort abspritzen musste, so wie sie es auch tat. Als sie das Gelenk auf ihre Lippen legte, nahm sie es und hielt es dort, während er seine Hand freigab, um eine Tube Keksteig aus dem Gefrierschrank zu fischen.

"Ich schätze, du kannst uns ein paar Kekse backen, Schlampe." Er berührte den gefrorenen Schlauch an ihrer Brustwarze, um ihn hart zu machen. Sie hustete von zu viel Gras und er nahm ihr den Joint zurück. Er nahm seine Finger von ihrem Arsch und ließ sie anfangen, die Kekse zu backen. Sie musste sich um ihn herum bewegen, als er aufdringlich in der Mitte des kleinen Küchenbodens stand. Als sie das Keksblatt gefunden hatte und den Teig in Keksformen auspresste, kam er hinter ihr hoch und öffnete seine Hose. Sie ignorierte ihn, aber Tara wusste, was als nächstes kam und machte es ihm leicht. Er trat ihre Füße auseinander, bevor er langsam seinen harten Schwanz in ihr Arschloch drückte. Tara versuchte so zu tun, als ob das nicht passiert wäre, aber es war schwierig, weiterhin Kekse auf das Laken zu legen, als Joey ihre Eingeweide-Bälle tief hämmerte und es sich wirklich gut anfühlte.

Joey packte sie an den Haaren, um ihr Gesicht zu ihm zu drehen. Er legte das Gelenk wieder auf ihre Lippen. "Ich werde dir beibringen, wie man raucht. Atme ein und halte ihn fest, bis ich dir sage, dass du ausatmen sollst." sagte er gönnerhaft.

Tara konnte ziemlich gut rauchen, dachte sie und beschloss, das zu tun, was sie sagte. Sie nahm einen tiefen, langen Zug aus dem Gras und hielt es. Joey schlug rhythmisch in ihr fettes Arschfleisch wie ein Hengst, als Tara anfing, leichtsinnig zu werden. Es waren fast zwanzig

Sekunden vergangen und ihre Kehle brannte! Sie konnte nicht glauben, wie lange er wollte, dass sie sie den Atem anhält! Sie hatte Angst, dass sie ohnmächtig wird, bevor er sagte, dass sie ausatmen könnte.

Tara konnte nicht mehr helfen und atmete bei einem Würgekrampf aus. Sie hustete und hackte weg und erkannte, dass er nie vorhatte, etwas zu sagen. Es war ein dummer Trick und es funktionierte bei ihr. Sie summte jetzt, betrunken und hoch und stützte sich gegen den Tresen, bis er in sie kam.

Tara kam auch mit. Sie konnte nicht glauben, dass er so schnell wieder hart werden konnte und so hart ficken und wieder so viel abspritzen konnte. Tara ließ seine Ficksahne danach über ihr Bein laufen und konzentrierte sich einfach darauf, ihren Gästen Schokokekse zu backen. Sie konnte die hohen Fünfer und die widerwärtigen, hurenhaften und ekelhaften Komplimente hören, die sie im Wohnzimmer über sie sagten. Keiner von ihnen hat gelogen. Das stellte sich als ein verdammt guter Tag heraus.

Als die Kekse fertig waren, waren 15 Minuten vergangen und Tara bemerkte es kaum. Der Geruch von frisch gebackenem Gebäck hatte sich ins Wohnzimmer ausgebreitet und Katzenrufe wurden von ihrer Fanbasis auf ihren Weg geschickt. Sie lachten und befahlen ihr, ihre Kekse zu ihnen zu bringen. So richtete sie ihre erbärmliche Dienstmädchenschürze so gut sie konnte auf, stellte die Kekse auf einen Teller und ging ins Wohnzimmer in ihren Fick me pumps.

Sie besaßen jetzt das Wohnzimmer, spielten Videospiele, rauchten und tranken, keine Untersetzer, keine Aschenbecher und keine

Manieren. "Hey Leute, könnt ihr bitte kein Chaos verursachen?" Sie flehte sie an. Sie lachten. "Ich sage Ihnen was, Mrs. Benson. Warum kommst du nicht her und fütterst mich mit einem dieser Kekse? Achte darauf, dass ich keine Krümel fallen lasse."

Er klopfte auf seinen Schoß, um sie zu ermutigen. Tara war nicht mehr daran interessiert, dass sie mehr als halbnackt war. Sie tat einfach, was von ihr verlangt wurde, trat um den Couchtisch herum und saß auf seinem Schoß. Eine seiner Hände schröpfte ihre Arschbacke, als sie sie in seinen Griff legte, und die andere zerrte an ihrer Schürze, damit er ihre perfekten Titten bewundern konnte. Sie fütterte ihn mit der Hand mit einem Keks, während die anderen Jungen weiter zusahen, Videospiele spielten und schließlich ein Chaos veranstalteten und ihre Getränke verschütteten.

"Hoppla! Entschuldigung, Mrs. Benson. Ich liebe es, dich auf allen Vieren zu sehen, wie du es aufräumst." " Ihr Jungs!" Tara jammerte jetzt fast. Ohne jegliche Macht konnte sie nur um ihre Zusammenarbeit bitten. "Wir sind nicht hier, um zu putzen. Nur zum Ficken. Aber wenn du uns weiterhin richtig gut fickst, haben wir vielleicht keine Zeit, noch mehr Unordnung zu stiften." Joey lehnte sich zurück und tat so, als würde er seinen Drink wieder verschütten.

"Bitte nicht!" Tara konnte nur betteln. "Bring mich dazu, meine Meinung zu ändern..." Joey lächelte ein leichtes Lächeln. Sie kroch zu Joey's Stuhl und ließ ihren Kopf auf seinen Schoß fallen und fing an zu lecken und zu saugen, wobei ihr Kopf auf und ab wackelte. Sie haben abwechselnd ihren Arsch geknallt, während sie sich im Raum bewegte und sich mit jedem der Jungs abwechselnd abwechselte, direkt in ihrem Wohnzimmer.

Betrunken und high wie sie war, tat Tara nicht so, als würde es ihr nicht gefallen.

Sie warf sich ihnen entgegen und erledigte die ganze Arbeit, bis sie wieder ein verschwitztes Durcheinander war. Sie fand endlich etwas, worin sie sich auszeichnet. Ihr Chef sagte ihr einmal, dass sie sich wie eine Hure anzog, und sie dachte oft aus irgendeinem Grund darüber nach. Sie konnte die Dateien nicht richtig organisieren, aber sie war eine Hure im Schlafzimmer und es bekam alles, was sie je wollte und sie würde ficken, um es zu behalten. Das war alles noch mehr dasselbe für sie, sogar im selben Raum, so geteilt zu werden, war alles nur ein anomales freakiges Ereignis, das Tara einfach hinter sich lassen würde. Der Sex war so demütigend gut und es könnte ihr kleines Geheimnis sein, wenn Tara nur einen Weg finden könnte, ihn zu beenden und mit ihrem Leben weiterzumachen.

Irgendwo in der Mitte ihrer Orgie bestellte einer der Jungs etwas Pizza. "Sie müssen für diese Pizza bezahlen, Mrs. Benson." "Sicher..." sagte sie unsicher, warum sie jetzt kicherten. Dann kam einer der Morgan-Brüder aus dem Schlafzimmer und hielt etwas.

"Das wirst du tragen, wenn es hier ankommt." Er hielt ein weißes Tank-Top hoch, auf dem "I fuck for free pizza" in einer Art Tintenschreiber geschrieben stand, und einen weißen String, auf dem "Tipps" auf den Schritt geschrieben waren. "Du meinst es ernst? Ich weiß nicht... " "Ja, das tust du." Cole zog eine der Schürzenbänder und half ihr aus ihrem mit Sperma befleckten Dienstmädchenoutfit.

Das enge Baumwoll-T-Shirt war zu klein. Ihre Brustwarzen waren durch den weißen Stoff auf beiden Seiten des Textes deutlich sichtbar. Wo hätten sie überhaupt so etwas wie dieses

Hemd her? Dann schob sie ihre Beine durch den weißen String mit "Spitzen" in klarem Buchstaben über ihren Schritt. "Okay, ich werde es tun, ihr kleinen Perversen. Aber das ist es. Dann musst du gehen. Ich meine es ernst." Es war nicht ganz überzeugend.

Die Türklingel klingelt. Die Jungs spielen wieder Videospiele im Wohnzimmer und lassen sie die Tür öffnen. Sie begrüßte den jungen Mann höflich und bat ihn herein. Um einen guten Überblick über Taras Outfit zu bekommen, machte er eine Doppelaufnahme.

"Kann ich eine kostenlose Pizza bekommen?", sagte sie dumm. Ihr lahmer Versuch zu flirten. Joey sprang auf, um die Pizza zu holen. "Danke, Mann! Ich denke, die Dame kann dich bezahlen, folge ihr einfach ins andere Zimmer, Alter." Tara war dankbar für die Privatsphäre und drehte ihre Ferse, um mit ihrem besten

Vermögen den Weg ins Schlafzimmer zu weisen. Ihre große Beute in einem Tanga erwies sich als unwiderstehlich und der ungenannte Pizzabote folgte ihr in das Bett ihres Mannes. Als er ging, hatte sie noch dreimal abspritzen müssen und er ließ sie für seinen Samen arbeiten und er pflügte sie für alles, was er wert war. Die Jungs boten ihm sogar ein Stück an, bevor er ging.

Nicht in der Lage, ihr Hemd zu finden, kommt Tara danach komplett dumm gefickt heraus und trägt nur das klebrige Höschen mit "Tipps" auf der Vorderseite, schweißgebadet und noch mehr Sperma. "Okay, ich habe alles getan, was ihr wollt, aber ihr müsst jetzt gehen. Wenn mein Mann... " Sie hörte auf zu reden.

In der Mitte des Raumes standen Coles Freundin Nikki und ein weiteres Mädchen, das sie noch nie zuvor gesehen hatte. Sie hatten einen Blick auf ihre Gesichter von Abscheu und Vergnügen. "Verdammt! Du bist eine verdammte verfickte Hure." Nikki hat immer den Mund aufgemacht. Sie wandte sich an Cole: "Ich habe deinen Text nicht wirklich geglaubt. Aber jetzt weiß ich, dass es wahr ist. Sieh dir an, wie sie mit ihren Beinen wackelt." Nikki fuhr auf Tara zu, stieg ihr direkt ins Gesicht und sagte laut und deutlich: "Du bist ein Entarteter. Ich meine Jesus Christus, du hast einfach deine Beine gespreizt, wenn du etwas willst? Du hast meinen Freund gefickt?"

"Sie haben mich erpresst. Ich habe es nur getan, um meine Ehe zu schützen." Taras Stimme war klein. Sie versuchte, sich ein wenig zusammenzureißen, aber es war schwer, irgendeinen Stolz zu erzeugen, wenn man einen getränkten String trug, der immer noch verschwitzt war, weil er den Pizzalieferanten mit Sport gefickt hatte.

Nikki war kürzer als Tara mit glattem hellbraunem Haar, größeren runden Brüsten als Tara, aber viel hässlicher. Stevie war ein Schmetterling. Tara hatte sie ein paar Mal mit Cole draußen herumhängen sehen. Sie trug billige Jeans-Cutoffs und enge, tief ausgeschnittene Hemden, die dich auf ihr Dekolleté starren ließen. Ihr Körper war gut genug gestrafft und sexy genug, dass sie viel Sex mit Männern hatte, aber hässlich genug war, dass sie nur wenige Freunde hatte.

Das zweite Mädchen war eine Fremde. Ein weiteres Mädchen in ihrer Klasse. Sie war superkurz und mit kurz gebleichtem blondem Haar gebräunt. Ihr Gesicht war total süß und sie war heiß. Heißer als Tara. Vielleicht nicht, als Tara zwanzig war, aber die letzten zehn Jahre schienen ihr einfach genug Kilometer zu geben, dass Tara sich im Vergleich zu diesem festen und lebhaften Teenager unbewusst fühlte. Ihr Name war Erica und sie war eine bösartige kleine Sache.

Sie schaute Tara direkt in die Augen und sagte: "Ich will sie sagen hören, dass sie ein böses Stück Schlampenfleisch ist. Gib es zu." Sie stand direkt vor Tara's Gesicht, etwa einen Zentimeter oder zwei Zentimeter von ihr entfernt, was seltsam war, dass Tara so viel größer war als diese süße Elfe, die sich böse benahm. Schlagen! Tara hatte gerade eine Schlampe ins Gesicht geschlagen bekommen. "Du sagst es verdammt nochmal!" schrie Erica. Alle waren schockiert. Die Jungs kicherten sogar ungläubig.

"Ich bin eine Schlampe...." Tara sagte die Worte, aber nur halb so sehr, dass sie ihnen glaubte. Erica zeigt auf Cole. "Hast du ihn gefickt?" " Ja." "Hast du ihn gefickt?" Er zeigt auf

Joey. " Ja." "Hast du sie gefickt?" Jetzt auf die Brüder zeigend. " Ja."

Das Wort kam ihr jetzt so natürlich. "Und du hast gerade den Pizza-Typen gefickt?" " Ja." "Hast du sie in dir kommen lassen?" " Ja." "Bist du gekommen?" " Ja." "Es hat dir gefallen." " Ja." "Du bist halb nackt mit der Ficksahne von fünf Kerlen, die dein Bein runterlaufen und keiner von ihnen war dein Mann, richtig?"

" Ja." "Was macht das dann aus dir?" "Eine schmutzige Schlampe." Sie wusste, dass es wahr war. Sie hatte vielleicht keine andere Wahl, aber sie stieg trotzdem mehrmals aus. Es gefiel ihr. "Du verdienst meinen Ekel, nicht wahr?" " Ja." "Willst du, dass ich dich noch einmal schlage?" "Ja. Ich verdiene deinen Respekt nicht. Bitte schlag mich." Schlagen!

Ihre andere Wange wurde hart mit einem vollen Handschlag auf ihr Gesicht, als ob sie versuchte, etwas loszuschlagen. Und als Tara sich genug erholte, um in die Augen der wütenden Mädchen zu schauen, war Erica gleich wieder in ihrem Gesicht, aber diesmal legte Erica ihre Hände um Taras Hals und zog sie herunter, um sich auf Augenhöhe mit Erica zu bücken.

Sie war so eingebildet. Sie offenbarte sich in ihrer Dominanz und Grausamkeit. Sie war so sehr wie ihr Ex-Boss Oksana. Es war fast schon beängstigend. Tara fragte sich, ob sie sich heimlich zu ihr hingezogen fühlte. Sie fühlte sich zu diesem Mädchen hingezogen. Vielleicht wurde sie von starken, grausamen Blondinen angetörnt, die sie beschämen.

Nikki kam hinter ihr auf und packte Taras große, schöne Arschbacken und drückte sie zusammen. "Ihr Jungs wollt uns wahrscheinlich in der Mitte des Raumes sehen, oder?" Zu ihrem

Vergnügen wurde diese Idee von den Jungs mit einem mitreißenden Beifall aufgenommen.

Nikki zog sie von Hand in die Mitte des Raumes und fing an, Tara zu küssen und sie ungeschickt zu tasten. Tara war sich nicht sicher, was sie tun sollte. Sie fand Frauen attraktiv, dachte aber nie, dass sie schwul sei. Sie wurde nicht von Mädchen verärgert, aber sie fühlte sich nicht zu Nikki hingezogen. Erica war eine andere Geschichte. Etwas an Erica war berauschend. Und irgendwie vertraut. Sie würde sich von Erica in einem Moment ficken lassen. Etwas an ihrem blonden Haar und ihrer erniedrigenden Einstellung hat eine Art Pervertierung bewirkt, eine sehr echte Schande, die sie über ihre Unfähigkeit, in einem professionellen Umfeld erfolgreich zu sein, empfand.

Es hängt irgendwie mit diesen langen Schimpfwörtern zusammen, die sie ertragen würde, wenn ihre Zahlen falsch waren, oder sie verlor eine wichtige Datei, wenn ihre Verkaufsprojektionen weit entfernt waren, im Grunde genommen wurde sie dazu gebracht, sich zu fühlen, als hätte sie nie etwas richtig gemacht. Nur das ist eine jüngere, gemeinere und schönere Version ihres alten Chefs Oksana. Sie enthüllte jetzt in ihrer öffentlichen Scham. Sie würde alles tun, um ihr zu gefallen. Nikki schob Tara zurück auf die Couch und spreizte ihr Gesicht. Nikki steckte Taras Arme mit ihren Knien hinunter und erstickte Taras Gesicht mit ihrer schlampige Wunde. Sie schlug Taras nackte Klitoris und schrie: "Iss mich, Schlampe! An die Arbeit. Schneller!"

Sie bewegt sich, damit Cole auf die Couch steigt und anfängt, sie wieder zu ficken. Er ging in Position und fing an, den Hammer zu werfen. Tara konnte sich von dieser Position auf der Couch nicht bewegen. Ihre Zunge schlug hin und her über Nikkis Klitoris. Ihr Arsch erstickte fast Tara, aber über die Wangen, die auf ihr Gesicht drückten, konnte sie immer noch Erica sehen, die sie mit johlte: "Hör auf zu jammern, Hure, du hast endlich dein wahres Talent gefunden, ein schlampiges nasses Loch zu sein. Versuch wenigstens, gut darin zu sein."

Obwohl Tara festgenagelt war und nur ihre Zunge hatte, mit der sie arbeiten konnte, schnitten die Worte zu ihr durch, ihre tiefe Unsicherheit, dass ihr Körper das ist, was ihr einen reichen Mann und dieses Haus und Auto und Leben bescherte. Sie war nie wirklich in der Lage, es alleine zu schaffen, ihre Jobs waren immer eine Herausforderung, der sie nie ganz gerecht wurde. Doch sie lag auf dem Rücken und konnte einen Raum voller Menschen befriedigen, indem sie einfach ein Objekt für ihr Vergnügen war. Sie schlug ihre Zunge über Nikkis geschwollene Fotze.

Sie wird von Coles blonder Schlampe einer Freundin gefickt, die ihren Freund anstachelt. Ihm zu sagen, dass er nicht kommen soll, bis Tara sie zum Höhepunkt bringt. Einige Minuten später, als ihre Besserwisser gleichzeitig kamen, hob Nikki ihren Arsch so weit an, dass Tara leichter atmen konnte und sie sah die Uhr und die Zeit. Sie fleht sie an, zu gehen, bevor ihr Mann nach Hause kommt, und sie sagen ihr, dass sie einmal gehen werden, wenn jeder von ihnen ein letztes Mal Cums hat, aber sie muss die ganze Arbeit machen.

Tara klettert auf jeden von ihnen und bringt sie energisch alle ab. Nachdem sie sie alle zwei- oder dreimal gefickt hatten, brauchten sie alle noch ein wenig mehr Arbeit, um sie abspritzen zu lassen, und Tara war roh und wund und ihre Muschi schmerzte, aber noch nie so gut gewartet worden. Ihr Kopf schwamm in einem Schleier aus Gras und Alkohol, half ihr aber auch, diesen Wahnsinn zu ertragen. Sie versuchte ihr Bestes, um ihr Gehirn auszuschalten und einfach ihre Tiertriebe zu sein. Sie erwarteten sowieso nicht, dass sie viel redet. Sie hat auch in dieser letzten Runde nicht wirklich viel von dem gehört, was sie gesagt haben. Sie versuchte gerade ihr Bestes, um ihren Körper, ihr Geschenk an die Welt, einen Körper zu nutzen, der für nur eine wirklich sinnvolle Aufgabe so vollständig und effektiv wie möglich gebaut wurde. Es dauerte nicht lange, bis sie eine Ladung aus jedem der Jungen herausholte und die körperliche Bestrafung der beiden Mädchen ertragen konnte, die nur dazu diente, ihr bei ihren Bemühungen zu helfen.

Der letzte Fick, den Tara so müde war, als sie Joey überspannte, würden ihre Beine nicht mehr funktionieren, um ihn zu reiten. Er packte einfach ihr Hüftfett, wie echte Griffe und hob sie wie eine Sexualpuppe auf und wichste sich einfach mit ihrer Pussy ab, bis er in sie kam und sie wie ein gebrauchtes Tuch auf die Couch warf. Als sie sich um die Tür versammelten, die jetzt vollständig bekleidet war, fühlte sich Tara erleichtert, dass es fast vorbei war. Sie sagen ihr, was sie für morgen anziehen soll. Die Garderobe besteht aus einem Tanktop, auf dem "billiges Fleisch" und "saftig" über ihrem Arsch in einem Rock steht. Absätze und ein Stöpsel.

Anstatt die Kleiderordnung zu widerlegen, hatte Tara andere Bedenken. "Du kannst mein Haus nicht wieder zerstören.... Ich kann das nicht immer wieder vertuschen! Steve wird es herausfinden!" Erica verspottete sie mit falscher Sympathie, "Awww, keine Sorge, Fotzenmuskel. Wir kommen morgen nicht hierher, du wirst zu uns kommen. Du wirst dieses Outfit draußen tragen und die Leute sehen, wie du an die

Haustür klopfst und hereinkommst, angezogen wie der funky Sperma-Sammler, der du bist."

"Okay," kam die einfache Antwort von Tara. "In der Tat, lassen Sie uns eine Vorschau machen. Zieh das sofort an." Erica warf die Kleider auf die Couch. "Ich will nicht, dass du diesen frisch gefickten Fleck oder Schweiß und Sperma verlierst. Auf diese Weise, selbst nach der Dusche heute Abend, kannst du morgen wieder in den Hurenmodus wechseln."

Tara rutschte auf dem Rock und dem Tank Top aus, die dünn waren und innerhalb weniger Augenblicke durchsickerten ihr Schweiß und andere Körperflüssigkeiten. Sie zog die Fersen an und schob den Glasstopfen leicht in ihren einst engen Schließmuskel, wo er dick genug war, um ihn festzuhalten, während sie herumwackelte, um Erica zu erfreuen und sicherzustellen, dass das Hurenoutfit ausreichend mit ihrem schmutzigen Moschus befleckt war.

"Jetzt geh raus und hol die Post. Gehen Sie zum Ende der Einfahrt hinunter, öffnen Sie Ihren Briefkasten, nehmen Sie die Post heraus und öffnen Sie jeden Brief dort, schön und langsam. Beeil dich nicht, sei nett zu allen, die du siehst, lass sie dich sehen. Wenn du das zu meiner Zufriedenheit tust, werden wir gehen."

Alle Hoffnungen, die Tara darauf hatte, dass dies ereignislos und schmerzlos war, wurden zunichte gemacht, als sie den Fuß aus der Tür setzte und ihren gesprächigen, koketten und kürzlich geschiedenen Nachbarn Todd in seinem Garten sah. Sie kannten sich nicht gut, Todd war etwa dreißig Jahre älter als sie und sie wussten, dass er vor etwa einem oder zwei Jahren eine Scheidung durchgemacht hatte. Er war eindeutig ein alter Perversling und Tara ging oft hinein, wenn sie sich im Hinterhof sonnte, und Todd kam bequem heraus, um seine unspezifische, verweilende Gartenarbeit zur gleichen Zeit auszuführen. Also stellte sie sich vor, dass dies ein echter Genuss für ihn sein würde.

Tara tut so, als ob nichts falsch wäre. Sie sah aus wie eine professionelle Stripperin. Es war völlig lächerlich, aber Tara wusste, wie man Dinge ignoriert, die sie nicht mochte, also schaltete sie einfach diesen Teil ihres Denkens ab, ohne Sinn darin zu verweilen, was man nicht ändern kann. Sie verpflichtet sich zu diesem vollen, oberschenkelzitternden Spaziergang zum Ende der Einfahrt. Und sie beschloss, ihm ein wenig Stolz zu geben, könnte genauso gut den Gang der Schande besitzen. Das war nur eine alberne Herausforderung nach den meisten ihrer anderen Demütigungen heute Nachmittag.

"Nun, hallo, da ist die Nachbarin!" Ich schätze, er dachte, das wäre ein Witz. Oder so, dass man annehmen würde, wenn man bedenkt, dass er danach gelacht hat. Als sie zum Briefkasten kam, musste sie anhalten und einfach da stehen wie ein Tier im Zoo. Wie befohlen nahm sie sich die Zeit, jedes Stück Mail zu öffnen und so zu tun, als würde sie es lesen, damit er so viel starren konnte, wie er wollte, wie er wollte, und machte lächerliche Smalltalk, wobei er seine unbequemen Komplimente über ihr Outfit nicht ausließ. Diese wurden immer unangenehmer, als er langsam anfing, über die Straße zu wandern, um direkt neben sie zu kommen.

"Sind deine Brüste echt?" Es war so dreist. Er war Superstürmer, aber Tara war sich nicht sicher, ob sie gehen durfte, sie musste zumindest höflich sein. Sie sagte, sie seien es, und er täuschte Überraschung vor, bevor er sagte: "Darf ich?"

Obwohl er technisch nicht ja sagte, erlaubte Tara ihm einfach, ihre Brust zu befummeln. Sie kämpfte nur gegen ihren Drang, ihn zu blockieren und hielt ihre Arme unten oder weg von ihrem Körper, so dass er Zugang zu ihrer gesamten Vorderseite hatte. Seine alten Hasen kneten nur am helllichten Tag ihre Brust, während sie versucht, höflich zu lächeln, aber selbst sein Versuch zu scherzen verstummt. Es ist super gruselig. Ihr Arschloch drückte sich um den Hals ihres Stöpsels. Er war jetzt nah genug dran, als seine offensichtliche Erektion sie in den Oberschenkel stieß. Entweder das oder einmal fanden seine Hände den Weg unter das Hemd und drückten ihr nacktes Fleisch, wie Obst im Supermarkt, den Tara jetzt verlassen musste.

Nach einer reichlich bemessenen Zeit, die für gute Manieren vorgesehen war, entschuldigte sich Tara höflich und ging zurück ins Haus. Es war ein kontrollierter Schritt, nicht zu schnell, aber als sie wieder in das Haus zurückkam, brach sie auf die Knie auf dem Boden zusammen. "Werdet ihr Jungs einfach warten, bis Steve nach Hause kommt? Wirst du meine Ehe zerstören?" Sie hatte aufgegeben. Sie hatte hier keine Macht und war am Rande der Tränen.

Aber Erica lachte. "Wir könnten. Aber das werden wir nicht. Du tauchst morgen um zehn Uhr nebenan in diesem Outfit auf und der Stecker steckt wieder in deinem Arsch, verstanden?" "Ja, Erica." "Und morgen werde ich deinen Arsch rot versohlen, weil du nass geworden bist, als dieser alte Mann dich berührt hat, schamloses Schwein! Und dann wirst du dich selbst bewusstlos ficken."

"Ja.... bitte..." Tara blickte auf und traf auf Augen mit ihrem grausamen Engel. Die Jungs haben sich gerade aus der Tür gefeilt. Es war vorbei. "Wenn du morgen vorbeikommst, erwarte ich eine willige Nutte, und dann wirst du dafür hart bestraft." Erica gab Absolution in ihrer grausamen Buße.

"Ja... Ich will, dass du... Ich verdiene es,... Ich will, dass du... mich bestrafst." Tara stolperte über die Worte, aber sie waren wahr. Sie sollte die Sache nicht wollen, die sie gefangen hatte, aber hier war sie und sie freute sich darauf, einen Preis für diese Untreue in Ericas bösen Händen zu zahlen. Erica hatte ein kaltes, brennendes Grinsen, sie liebte es eindeutig, Tara niederzuschlagen. "Nun, wenn du nicht von deinem Mann erwischt werden willst, würde ich darüber nachdenken, diesen ganzen Scheiß zu beseitigen."

Sie sind dann alle gegangen und Tara wurde allein gelassen, um zu versuchen, das Chaos zu beseitigen.